ゆかいなことば つたえあいましょうがっこう

トンックオマトソート！

宮下すずか
絵 市居みか

つたえあいましょうがっこう、
一《いち》ねん一《いち》くみの　たんにんは、
ハムスターの　シホせんせいです。
シホせんせいは　赤《あか》い　ペンを
もった　まま、くびを　かしげて　ノートを
見《み》つめて　いました。子《こ》どもたちの　にっきを
よみながら、なにやら　なやんで　いるようです。
その　ノートは、ねずみの　ニタくんの

ものでつ、つぎのように　書《か》かれて　いました。

きょう、アアが、
「かんじの　書《か》きとりは、
やったの？」
と　ききました。
「やったよ。」
と　いったら、

「ぜんぶ　おわったの？」
と　きいたので、
「おわったよ。」
と　こたえました。でも、アアは　また、
「ちゃんと　書《か》けたの？」
と　しつこく　きくので、ぼくは、
「ウソ！」
と　さけぶように　いいました。

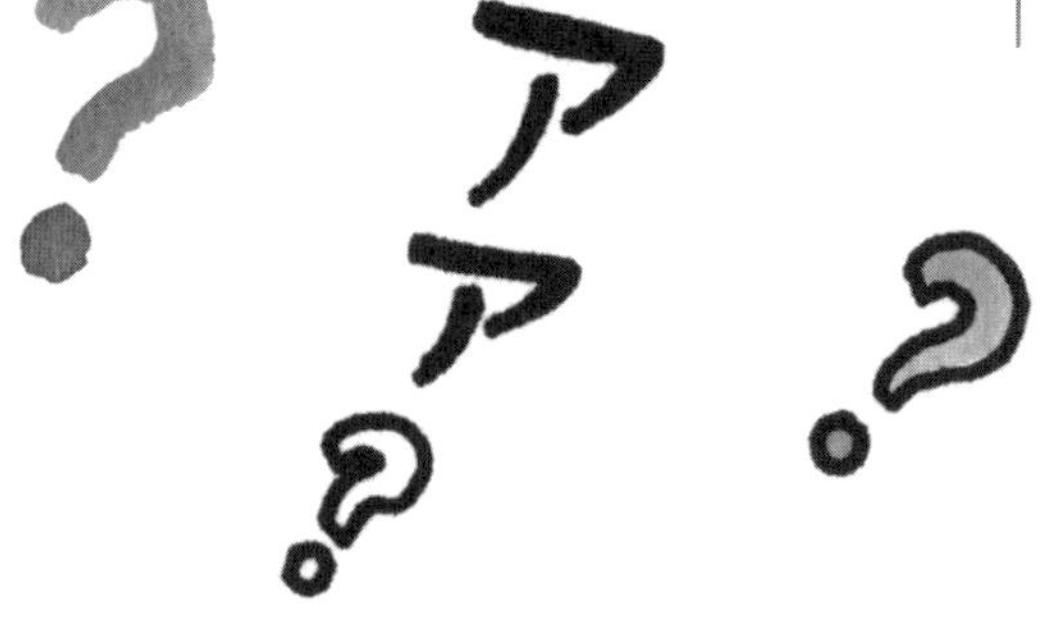

そうしたら　アアは、
「それは　よかった。じゃあ、
おやつに　しましょう。」
と　いいました。

ここまで　よんだ　シホせんせいは、
ふしぎに　おもいました。「アア」とは　だれの
ことでしょう。それに、ニタくんが　「ウソ」と

いったのに、どうして「それは　よかった」などと　いったのでしょうか。ふつうならば、「ウソを　ついたら　ダメ」とか、「はやくしゅくだいを　やりなさい、おやつは　そのあとで」とか　いわれる　はずです。

シホせんせいは、その　さきを　よんでいきました。

おやつは、アスカットと
バウムクーヘソでした。
とても　おいしかったです。

「そうか!」

せんせいの　ペンが、さっと　うごきました。

「アスカット」を「マスカット」に、

「バウムクーヘソ」を「バウムクーヘン」に

なおしました。
「アア」は「ママ」、
「ウソ」は「ウン」だったのです。
ニタくんは、「ア」と「マ」、「ソ」と「ン」の
くべつが　つかないのか、それとも　ちがいが
わかって　いるけれど、らんぼうに　書《か》くので、
ただしく　よんで　もらえないのでしょうか。
「カタカナに　気《き》を　つけて　書《か》きましょう。」

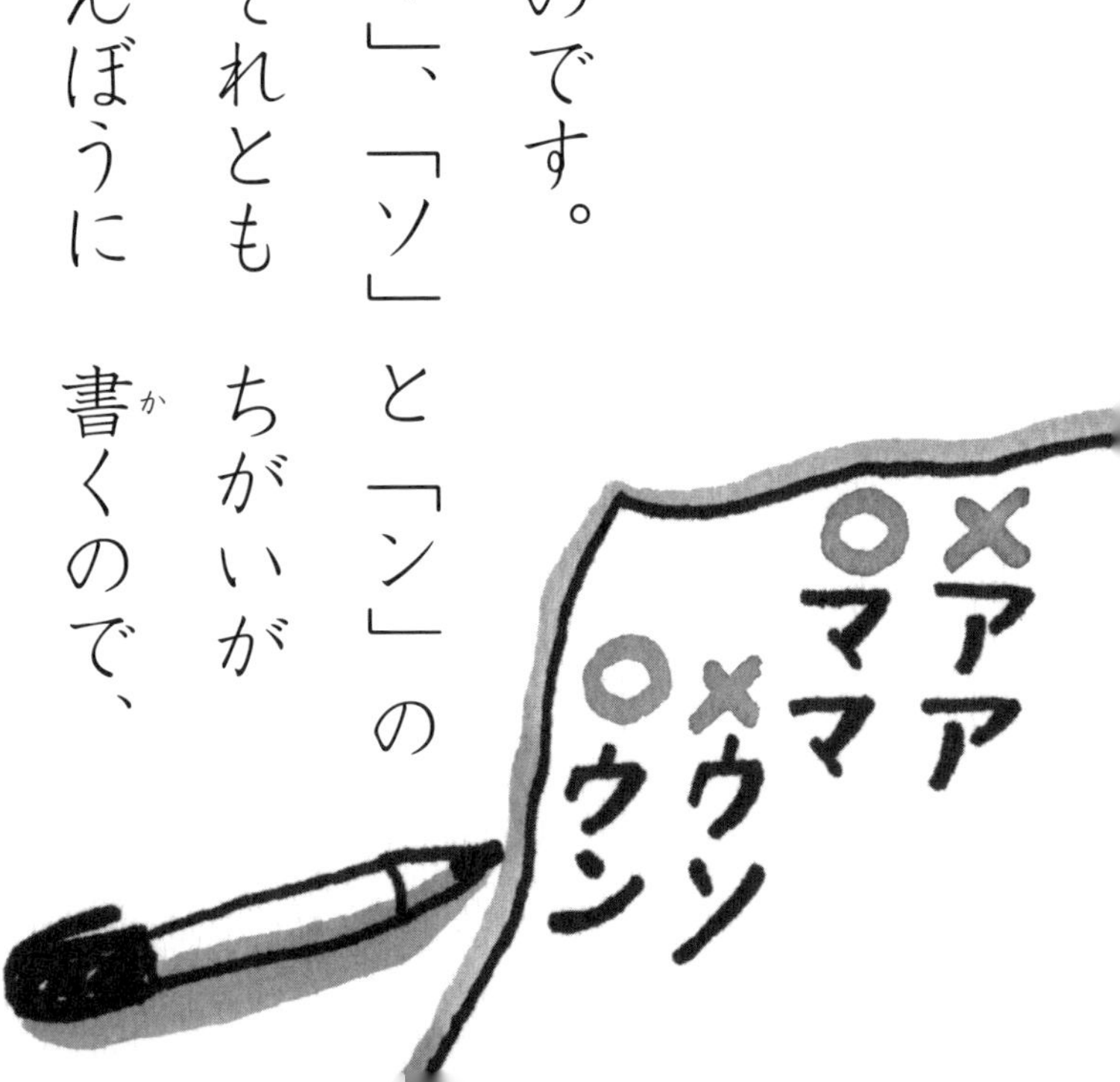

シホせんせいは　ニタくんの　にっきに、
そう　書《か》きました。

ひらがなと　ちがって、カタカナは　かたちの
にたような　ものが　たくさん　あります。
「ア」と「マ」、「ソ」と「ン」の　ほかには、
ク　と　**ワ**、**コ**　と　**ユ**、
シ　と　**ツ**、**ス**　と　**ヌ**、

ソ と リ、ナ と メ

このように、ちょっと　むきが　かわったり、
のばしすぎたり、とめすぎたり、
はみだしたり　すると、ちがう
もじに　なって　しまいます。
おちついて　ゆっくりと　ていねいに
書《か》けば　よいのですが、ニタくんは　いつも
いそいで　書《か》くので、ますます　よめない　字《じ》に

なって　しまいました。それに　なにより、
ニタくんは　じぶんで　書《か》いた　ぶんしょうを、
もう　いちど　よみかえすと　いう　ことを
しなかったのです。

十月三十一日《じゅうがつさんじゅういちにち》は、ハロウィンです。
ニタくんは、ともだちを　いえに　よぼうと、
しょうたいじょうを　書《か》く　ことに　しました。

はじめての　ハロウィンパーティー、
みんなが　びっくりするような　おばけの
かっこうを　して
やるんだと　おもうと、
ニタくんは　たのしみで
たまりませんでした。
パーティーに　さそったのは、
なかよしの　ぞうの　メアくん、

かばの　ユマくん、きりんの
ツマくん、そして
ようちえんから　ずっと
おなじ　クラスだった
トライアングル、この　六《ろっ》ぴきです。
トライアングルと　いうのは、
りすの　ケイちゃん、さるの
ワカちゃん、うさぎの

ミウちゃんで、 この 三《さん》びきは、 いつも むかいあって はなしを して いて、 それは まるで 三《さん》かくけいの トライアングルのように 見《み》えるので、 クラスの みんなから そう よばれて いました。

十月《じゅうがつ》に はいった ある 日《ひ》、 じゅぎょうが おわると、 ニタくんは パーティーのしょうたいじょうを　それぞれに手《て》わたしました。そして、にやにやとわらいながら　かえって　いきました。しょうたいじょうは　ニタくんが　書《か》いたもので、六《ろく》まいとも　おなじです。

そこには、よこ書《が》きでつぎのように書《か》かれて　いました。

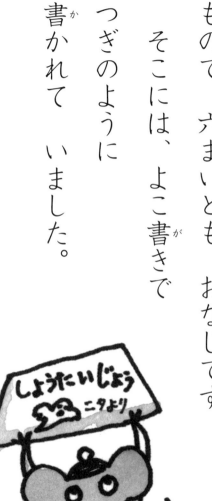

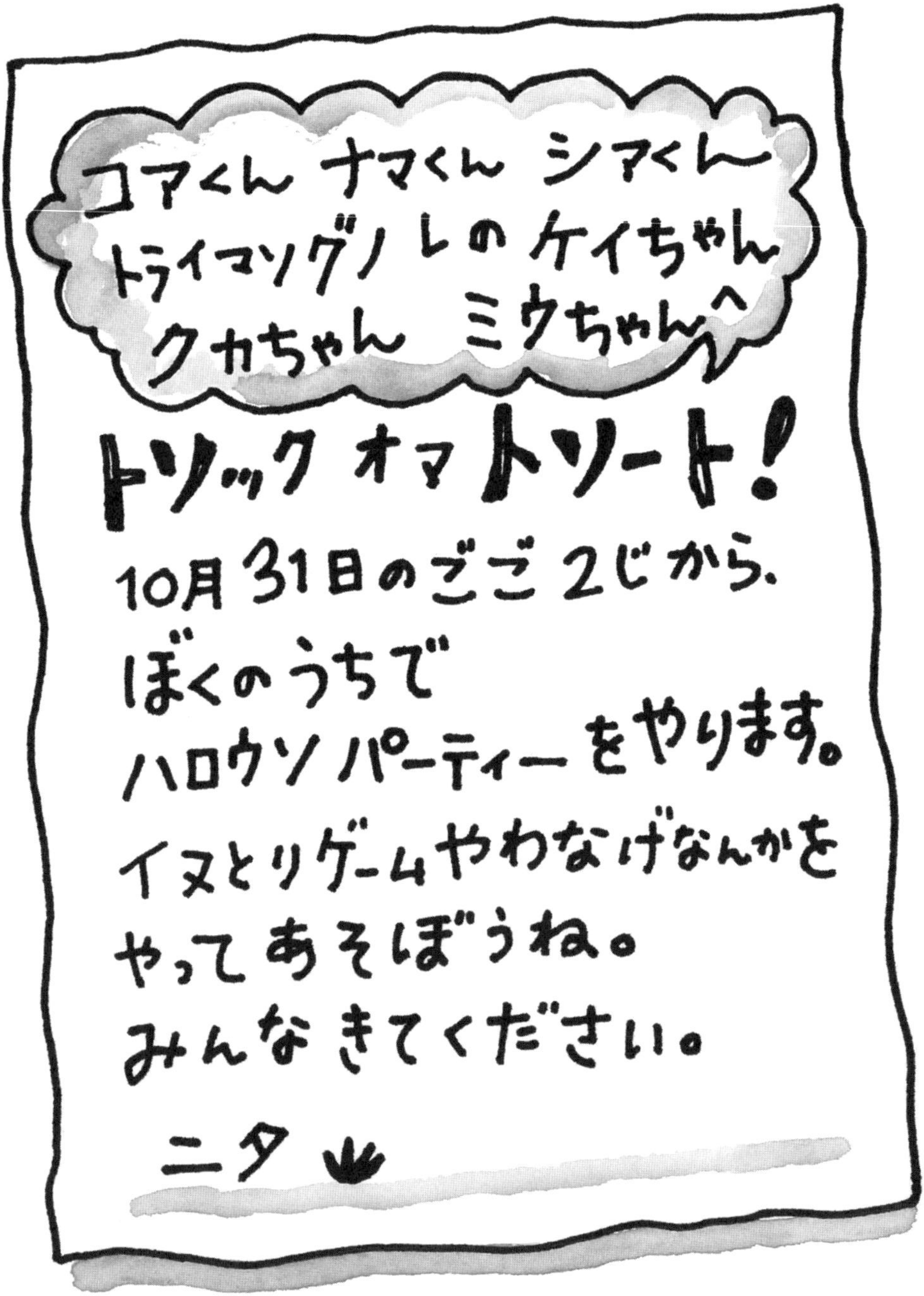
コアくん ナマくん シアくん
トライマソグノレの ケイちゃん
クカちゃん ミウちゃんへ

トソック オマ トソート！

10月31日のごご2じから。
ぼくのうちで
ハロウソパーティーをやります。
イヌとりゲームやわなげなんかを
やってあそぼうね。
みんなきてください。

ニタ

さて、これを　うけとった　ぜんいんが、
ふしぎそうな　かおを　して　いました。
なにが　書《か》いて　あるのか、
よく　わからなかったからです。

まず、さるの　ワカちゃんが、
まっ赤《か》に　なって
いいました。

「ねえ、この　ト、ラ、イ、マ、ソ、グ、ノ、レ
って　なあに？　それに　クカちゃんて　だれの
ことかな。コアくん、ナマくん、シアくんは
どこの　子《こ》なの？」
ワカちゃんは　おこると、かおが　赤《あか》く
なります。
「ユマくんが　コア？　メアくんが　ナマ？
ツマくんが　シアですって？　トライアングルの

『ル』なんか、まんなかが はなれすぎて いて、
どう 見《み》たって『ノ』と『レ』にしか
よめないわ。なにより、
わたしは ワカですよ、
クカなんかじゃ ない！」
ワカちゃんは、はや口《くち》で
いっきに しゃべりました。さらに、
「それに ハロウソパーティーなんて、

そんな　わけの　わからない　ところに　いきたくない！」と、これまた　ぴしゃりと　いいました。

　みんなは、「ハロウソ」が「ハロウィン」で　ある　ことは　わかって　いました。

　ニタくんから　しょうたいじょうを

うけとった　とき、
「ハロウィンパーティーに
きてね。」
と　いわれたからです。
あわてんぼうの　ニタくんは、
小さい「ィ」の　字《じ》を
書《か》きわすれ、らんぼうに
「ン」の　字《じ》を　書《か》いたのでした。

それに、「トソック　オマ　トソート」は、
きっと「トリック　オア　トリート」の
ことだと　みんな　わかって　いました。

じつは、ワカちゃんの　いかりが
おさまらないのには、わけが　ありました。
ワカちゃんは、となりの　せきの　ニタくんが、
きのうも　字《じ》を　らんぼうに　書《か》いて　いたので、

きちんと　書《か》かないと　よんで　もらえないと
いったばかりだったのです。
その　とき　ニタくんは、ちょっと
こまったような　かおを　して　いいました。
「そう　いえば、シホせんせいからも
『カタカナに　気《き》を　つけて』って　いわれたよ。
カタカナは、おなじような　かたちの　ものが
あって、わかりづらい　字《じ》も　あるけれど、

ぼくは　ちゃんと
書《か》いて　いる　つもり。ただ、
のろのろ　書《か》くのが
いやだから、いつも　ぱぱっと
書《か》いて　いるんだ。でもね、
ワカちゃん。」
ニタくんは、うつむいて　いた
かおを　くいっと　あげると、にやっと

わらって　こう　いったのです。
「みんなは、ぼくが　書《か》いた　字《じ》を　なんとか
よんで　くれるから、そんなに　しんぱい
しなくても　だいじょうぶさ。」
このような　ことが　あったので、あんな
しょうたいじょうを　書《か》いて　きた　ニタくんに、
ワカちゃんは　おこって　いたのです。
「とにかく、わたしは　いかない。」

「ぼくも　いかない。」
クカと　書《か》かれた　ワカちゃんと、ナマと
書《か》かれた　メアくんは、そう
いいはりました。
「あのね。」
ずっと　だまった　まま、
しょうたいじょうを　見《み》て
いた　うさぎの　ミウちゃんが、よびかけました。

「ここに　書《か》いて　ある
『イヌとりゲーム』って
どんな　ゲームなのか、だれか
しって　いる？」
「えっ？　なんだろう。」
だれも　わからず、みんな　そろって
くびを　かしげて　いました。

つぎの　日《ひ》、ニタくんを　のぞく
六《ろっ》ぴきは、「おしゃべりの　へや」に
あつまって、なにやら　はなしを　して
いました。そこは、「だんわしつ」と　いう
へやで、だれでも　じゆうに
おしゃべりが　できる　ところです。
六《ろっ》ぴきは　そこで、ハロウィンパーティーの
ことを　そうだんして　いました。

ニタくんが　書《か》いた　いいかげんな
カタカナには、きのうと　おなじで
おこって　いましたが、いまの　じゅうだいな
もんだいは、「イヌとりゲーム」とは
どう　いう　ものなのかが　わからない
ことでした。
「なんなのかな、『イヌとり』って。」
「ほら、『ムシとり』とか　『サカナとり』って

あるでしょう。たぶん　イヌさんたちを
むりやり　かごに　いれて、つれて　くる
ことじゃ　ないのかな。」
「かごに　おしこめるなんて、そんな　ことは
できないと　おもうなあ。」
「そうよね。かごなんかに　おしこむのは
むりだから、なんとかして　つれて　くる
ゲームなんじゃ　ないかしら。」

「どうやって　つれて　くるんだい。たとえば、
となりの　クラスに　いる　シェパードの

くろすけくんと、ドーベルマンの
まんたろうくんだけど、きがるに　こえなんか
かけられないよ。だって、いつも　おっかない
かおして、びゅんびゅん　はしって　いるから、
おいかけるのは　むずかしいと　おもうなあ。」
「わたしたちは、プードルの　ちゃっちゃんと
マルチーズの　しろちゃんを　しって　いるけど、
あの子《こ》たちを　つれて　くるのも　たいへんよ。

だって、ものすごい　おしゃべりだから
うるさいし、すぐに　なきだすんだもの。」
「イヌとりゲーム」とは　なにかを、
ニタくんには　きかずに、六《ろっ》ぴきは
じぶんたちだけで　かんがえて　いました。

もう　すっかり、ゲームを　やる気《き》に
なって　いたのです。
ワカちゃんが、ふと　おもいついたように
いいました。
「ねえ、その　日《ひ》は　ハロウィンなんだから、
かそうして　いけば　いいんじゃ
ないかしら。」
「そうか！　おどろかしたら　いいんだね。

おばけや　ようかいに　なって、イヌさんたちの
ところへ　いったら　びっくりするだろうから、
どさくさに　まぎれて、ささっと　つれて
くるって　わけね。でも、それだと
ゆうかいだって　かんちがいされないかな。」
ケイちゃんが、しんぱいそうに　いいました。
「だいじょうぶ。『ハロウィンおばけだ！
いっしょに　あそぼうよ。』って　いえば、

へいき　へいき。かそうして　いったら、
めちゃくちゃ　おどろくだろうね。わあ、
なんか　わくわくして　きた。」
ミウちゃんは　ぴょんぴょん　とびはねながら、
うれしそうに　いいました。
六《ろっ》ぴきは、「イヌとりゲーム」を　ぜひとも
やって　みたいと　おもいました。カタカナを
きちんと　書《か》かず、じぶんたちの　なまえを

へんてこりんに　書《か》いて　きた　ニタくんに、
はらを　たてて　いた　ことなど　もう
とっくに　わすれて　いました。それどころか、
なにに　ばけようか、どんな　かっこうを
しようか、イヌたちを　びっくりさせるには
どうしたら　よいのか、まるで　えんそくの
じゅんびを　するみたいに
うきうきして　いました。

おばけ、あくま、ようかい、おになど、
おそろしい　ものは　いくつも　あります。
まじょ、がいこつ、ミイラ、きゅうけつき、
ゾンビ、フランケンシュタイン、それから、
ひとつ目《め》こぞう、のっぺらぼう、ろくろっくび、
ゆきおんな、やまんばなど、つぎつぎと
ばけものの　なまえが　あげられました。

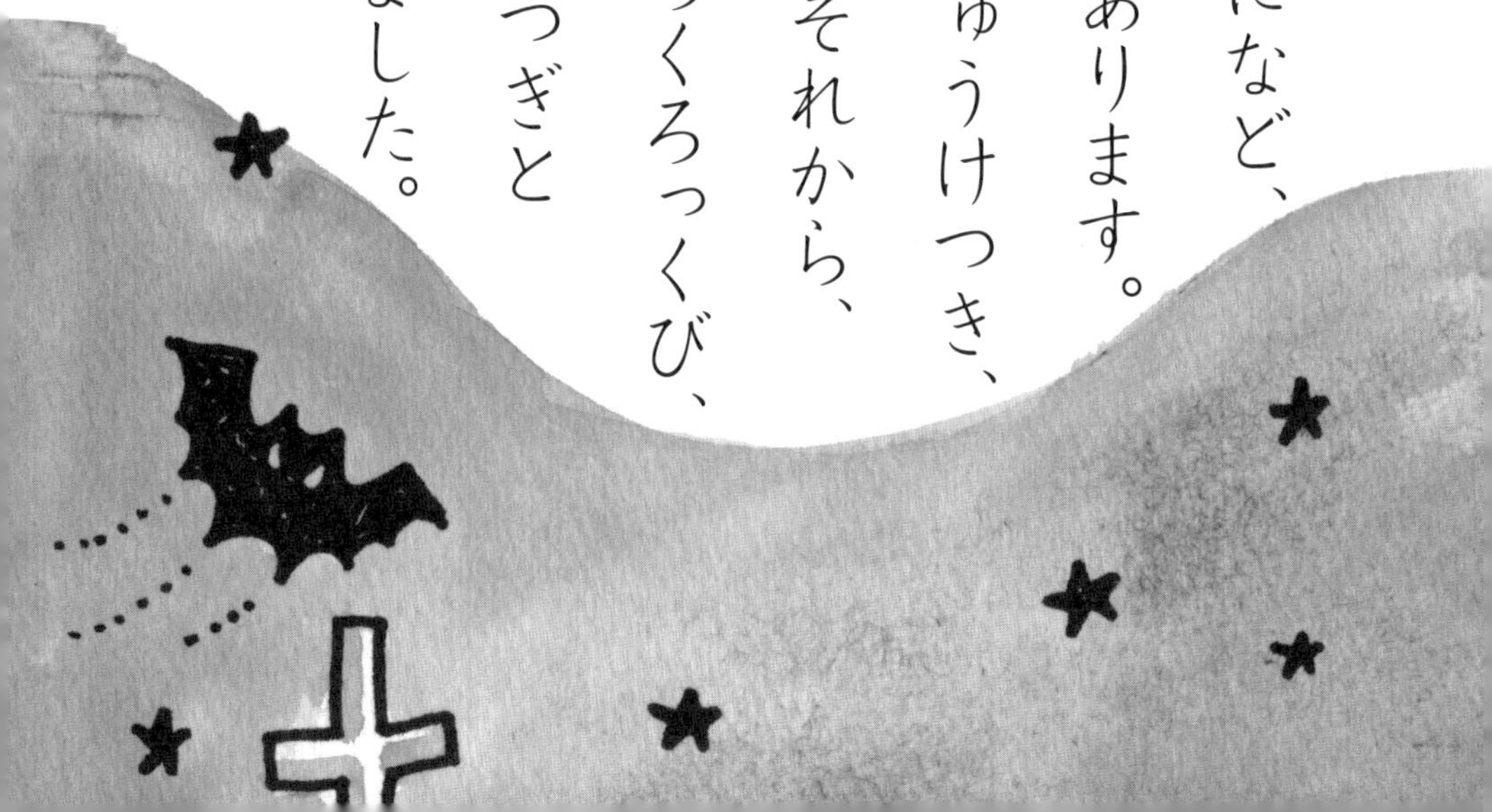

さあ、いよいよ　ハロウィンパーティーの
日《ひ》が　やって　きました。
ニタくんは、おきゃくを　びっくりさせようと、
じぶんの　からだよりも　大《おお》きな　かぼちゃの
なかみを　くりぬいて、おにのような
こわい　かおを
つくりました。

じゅんびは　すでに　ととのって　いて、いつ
みんなが　やって　きても　だいじょうぶです。
げんかんに　かぼちゃを　おき、その　なかに
かくれて、じっと　まって　いました。

まもなく、六《ろっ》ぴきが　ニタくんの　いえに
やって　きました。
「トリック　オア　トリート！」
と　いう　こえと　ともに、いろいろな
おばけが　つぎつぎと　あらわれました。
がいこつ、フランケンシュタイン、
ゾンビ、ひとつ目《め》こぞう、
ミイラ、まじょ。

ぞうの メアくんは、からだじゅうが
ほねだらけ。がいこつの ふくを すっぽりと
かぶって います。
かばの ユマくんは、ずたずたに きったり、
いとで ぬったりした かおです。
フランケンシュタインの まねを して、
えのぐで かいたのでした。
きりんの ツマくんは、くびから 上《うえ》を

青《あお》いろで　ぬりまくり、どろの　ついた
ぼろぼろの　シーツを　からだに
くくりつけて、ゾンビに　へんしんです。
りすの　ケイちゃんは、目《め》が　ひとつだけで、
まっ赤《か》な　べろを　だした　ひとつ目《め》こぞう。
さるの　ワカちゃんは、ほうたいの　かわりに、
トイレットペーパーで　からだじゅうを
ぐるぐるまきに　した　ミイラ。

うさぎの　ミウちゃんは、三《さん》かくの　ながい
ぼうしに、マントを　はおり、おちばはきの
ほうきに　またがった　まじょ。

ニタくんは　びっくりして、かぼちゃの
なかで　しばらく　うごけずに　いました。
おどろかせようと　おもって　いたのに、
その　ぎゃくでした。

「おっと　いけない！　ぼくが　おどろいて
いて　どう　するんだ。みんなを
おどろかさなきゃ。」
　あわてた　ニタくんは、
「よいしょ」と　かぼちゃを
じゅうりょうあげのように
もちあげて、あるきだしました。
とても　おもいので、

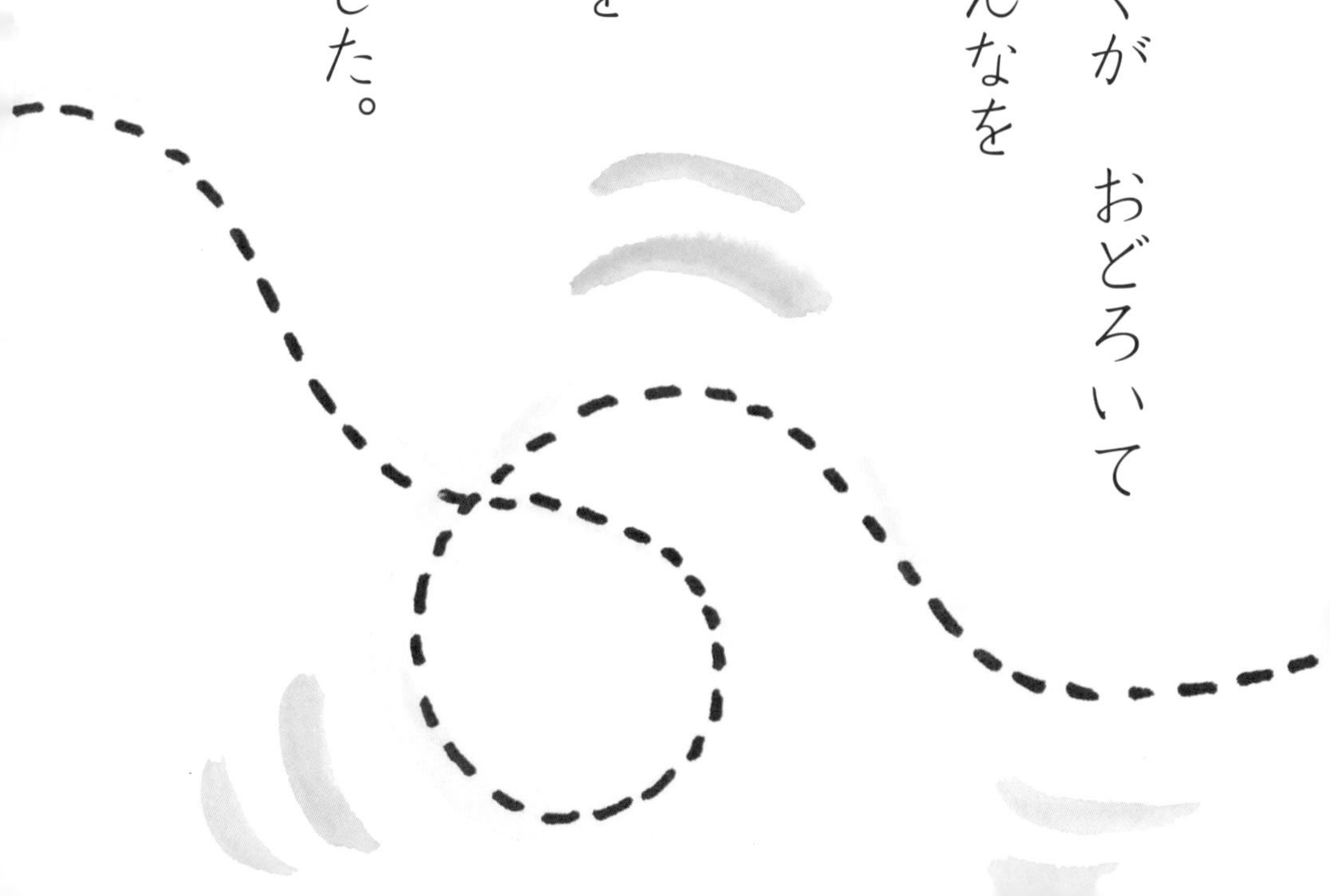

スムーズに　あるけません。
ニタくんが　でて　くるのを、
げんかんで　まって　いた
おばけたちは、目《め》の　まえの
かぼちゃが　とつぜん
うごきだしたので、
びっくりぎょうてんです。
かぼちゃは、よたよたと

うごきながら　しゃべりました。
「ハッピー　ハロウィン！」
ききおぼえの　ある　この　こえに、
おばけたちの　かおが、きゅうに　えがおに
かわりました。
大《おお》きく　さけた　かぼちゃの　口《くち》から、
ひょっこり　かおを　だした　ニタくんも、
わらいながら　いいました。

「いらっしゃい、おばけさんたち。」
ぜんいんが、みごとに　ばける　ことが
できたようです。
「さてと、それじゃあ　イヌとりゲームを
はじめようか。」
がいこつが　いうと、かぼちゃは
ふしぎそうに　ききました。

「イ、ヌ、と、り、ゲームって　なあに？」
おどろいた　みんなは、あいた　口《くち》が
ふさがりませんでした。
「なにを　いって　いるの。ニタくんが
いいだしたんじゃ　ないの。」
「イヌとりゲームを　しようって、
しょうたいじょうに　書《か》いて　あったじゃ　ない。」
「だから、イヌさんたちを　おどろかせようと、

こう　いう　かっこうを　して　きたのよ。」
ひとつ目《め》こぞうと　ミイラと　まじょは、
あらあらしい　こえで　いいました。
「ちょっと　まって。ぼくは、そんな　こと
書《か》かないよ。イヌとりゲームなんて、
なにかの　まちがいだ。」
ニタくんは　かぼちゃから　でて　くると、
おこるように　いったのです。

「はあ？　なにを　いって　いるの、ここに
書《か》いて　あるじゃ　ない。」
ミイラの　ワカちゃんは、ニタくんから
もらった　しょうたいじょうを　だして
見《み》せました。それを　見《み》た　ニタくんは、ぷっと
ふきだして、

「これは『イスとりゲーム』って 書《か》いたんだよ。
『イヌとり』を して どうするのさ。ほら、
むこうに イスを よういして あるでしょう。」
と わらいながら いったので、六《ろっ》ぴきは
はらが たつやら、がっかりするやら。
「イヌ」だと おもって いたのが、

「イス」だったなんて。
そうでした。みんなは　すっかり　わすれて
いたのです。ニタくんの　書《か》く　カタカナが、
あまりにも　ひどかった　ことを。
そう　なると、
「イスとりゲーム」どころでは
ありません。おそろしい　かおの
おばけたちが、ニタくんを

にらみつけました。その
こわさに、あわてて
かぼちゃの　なかに
もぐりこんだ　ニタくんは、
しばらく　でて　きませんでした。
じぶんの　書《か》いた
カタカナが、こんなにも
ともだちを　まどわせて

いたのだと　しって、さすがの　ニタくんも
はんせいしたのです。
「ごめんね。つぎからは　気《き》を　つけて、
きちんと　書《か》く　ことに　するよ。」
かぼちゃの　なかから、かぼそい　こえが
きこえて　きました。

それから　みんなで、イスとりゲームを

やりました。ばけものの　かっこうでは
うごきづらくて、すばやく　さっと
イスに　すわる　ことが　できません。
けっきょく　いちばん　まけたのは、
「イスとりゲームを　やろう」と
いいだした　ニタくんでした。
かぼちゃが　おもくて、のろのろあるきしか
できなかったからです。

おばけたちは　大《おお》わらいを　しながら、
たのしく　すごしました。

テーブルには、みんなの　大《だい》すきな
おやつが　たくさん　ならんで　いました。
「いただきます」の　かわりに、
「トリック　オア　トリート！」

「おかしを　くれなきゃ　いたずら　するよ！」

と、おなかを　すかせた　おばけたちの

げんきな　こえが、へやじゅうに　ひびきました。

パソプキソパイ　バメメケーキ

マイヌワソーム　プソソ　ユユマ

ニタくんが　書《か》いたと　したら、このように

なって　しまうかも　しれません。これでは
なんの　ことか、さっぱり　わかりません。

パンプキンパイ　バナナケーキ
アイスクリーム　プリン　ココア

おばけたちは、どれも　おいしく　いただいて、
しあわせな　きぶんで　かえって　いきました。

その　日《ひ》の　よる、ニタくんは　ハロウィン
パーティーの　ことを、じかんを　かけて
にっきに　書《か》きました。
つぎの　日《ひ》、シホせんせいは　ニタくんの
にっきを　よんで　みたのですが、まえの
ように　なおさなければ　ならない　字《じ》は
ひとつも　ありませんでした。カタカナが
せいかくに　書《か》かれて　いて、しかも　きれいな

字《じ》に　なって　いたのです。
シホせんせいは　おどろいたと　どうじに、
ニタくんが　がんばって　書《か》いたのだと
かんしんしました。
「たいへん　よく　書《か》けました。」
シホせんせいは　ほほえみながら
そう　書《か》くと、ニタくんの　にっきを
ゆっくりと　とじました。

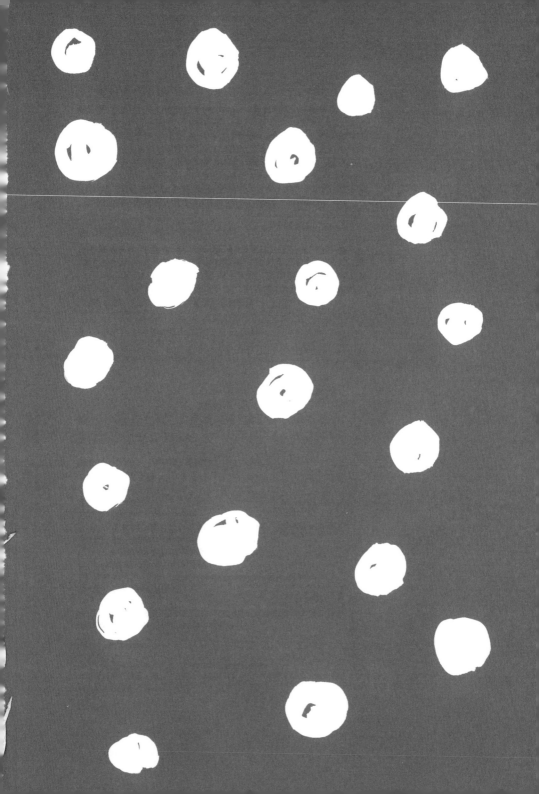